VENTE

du Vendredi 18 Mai 1900

HOTEL DROUOT, salle n° 8

à 2 heures

ESTAMPES

DES

Ecoles Française et Anglaise

du XVIIIᵉ Siècle

PIÈCES IMPRIMÉES EN NOIR

ET EN

couleurs

Mᵉ Maurice **DELESTRE**, Commissaire-priseur

5, Rue St-Georges

M. Loys **DELTEIL**, artiste graveur, expert

67, Rue Ste-Anne

VENTE

du Vendredi 18 Mai 1900

HOTEL DROUOT, salle n° 8

à 2 heures

ESTAMPES

DES

Ecoles Française et Anglaise

du XVIIIe Siècle

PIECES IMPRIMÉES EN NOIR

ET EN

couleurs

Me Maurice **DELESTRE**, Commissaire-priseur
5, Rue St-Georges

M. Loys DELTEIL, artiste graveur, **expert**
67, Rue Ste-Anne

CONDITIONS DE LA VENTE

Elle sera faite au comptant.

Lee acquéreurs paieront *cinq pour cent* en sus des adjudications.

M. Loys Delteil, remplira les commissions que voudront bien lui confier les personnes ne pouvant y assister.

MM. les amateurs pourront visiter la collection *67, Rue Ste-Anne, les 15, 16 et 17 Mai, de 9 h. à 4 heures.*

DÉSIGNATION

Alibert (à Paris chez)

1 — Le Roman comique. Ovale in-4. Belle épreuve impr.,
en couleurs et coloriée.

Alix (P. M.)

2 — Bonaparte, 1er Consul, 1802. Ovale petit in-fol. Superbe
épreuve avant la lettre, impr., en couleurs, marges.

3 — Chalier (Joseph), d'apr. Garneray. Ovale. Très belle
épr., impr., en couleurs, marges.

4 — Lepelletier St-Fargeau (Michel), d'apr. Garneray. Ovale.
Très belle épr., impr., en couleurs, marges.

5 — Mably (Abbé). Ovale. Très belle épr., impr., en couleurs, marges.

6 — Mirabeau, d'après L***. Ovale. Belle épr., impr. en
couleurs.

Anselin (J. L.)

7 — La Belle Jardinière (Mme de Pompadour), d'apr. C.
Vanloo. Belle épreuve à grandes marges.

Aubert (d'après L.)

8 — La Revendeuse à la Toilette — Le Billet doux. Deux
p. par Cl. Duflos, faisant pendants. Belles épreuves.

Aubry (d'après)

9 — L'Innocence inspire la tendresse, par E. Voysard. In-
fol. Très belle épreuve.

Bartolozzi (F.)

10 — *A St Giles's Beauty*, d'après Benweil, 1783. Ovale.
Très belle épreuve impr. en bistre.

11 — Jeune Fille à mi-corps, couronnée d'épis. Petite pièce
de forme ovale, d'après James Nixon ,1784. Superbe ép.
impr. en sanguine, avant la lettre.

12 — *A Lecture on Gadding*, d'après J.R. Smith. In-fol.
Épreuve ancienne.

13 — Mrs Gautherot tenant un violon, d'apr. P. Violet, 1790
Ovale in-8. Belle épreuve, marges.

Baudouin (d'après P.A.)

14 — L'Amour à l'épreuve — L'Amour frivole (E.B. 5 et 6).
Deux p. par Beauvarlet, faisant pendants. Très belles ép.
avant les noms des artistes, l'adresse, etc., à toutes
marges. Rares.

15 — Le Fruit de l'Amour secret, par Voyez le jeune (E.B. 23)
Très belle et rare épreuve du 2e état, avant toutes lettres
marges.

16 — Le Lever, par Massard (E.B.). Belle épr., légèrement
rognée.

17 — Marchez tout doux, parlez tout bas, par P.P. Choffard
(E.B. 30). Belle épreuve.

18 — *Qu'es la* — *J'y vais.* (E,B. 39 et 26). Deux pièces
par L.M. Bonnet, faisant pendants. Très belles épreuves
impr. en couleurs, la seconde en 1er état.

19 — Les Quatre Heures du Jour, par E. De Ghendt (E.B.).
Suite de quatre p. Belles épr. du tirage postérieur.

19bis — Le Midi. Epreuve ancienne à toutes marges.

Beauvarlet (J.F.)

20 — Conversation Espagnole — Lecture Espagnole. Deux
p., in-fol. d'apr. C. Vanloo, faisant pendants Très belles
épreuves.

Boilly (d'après L.)

21 — Prends ce biscuit — Nous étions Deux, nous voila
Trois. Deux p., in-fol., par G. Vidal, faisant pendants.
Très belles épr., impr. en couleurs, à toutes marges, les
marges du haut raccomodées.

22 — Avant la Toilette — L'Etude de la Musique. Deux p..
par A. Le Grand, in-fol., faisant pendants. Très belles ép.

23 — Le Cadeau, par J. Bonnefoy. In-fol. Belle épr., impr.,
en couleurs.

24 — La Comparaison des petits Pieds, par Chaponnier.
In-fol. Belle épreuve avec la 1re adresse.

25 — Le Sommeil Trompeur, par F.J. Wolff. In-fol. Belle
épreuve impr. en couleurs et coloriée.

26 — Dubois (Ant.), par Gautier. In-4. Belle épreuve impr.
en couleurs, marges.

Bonnet (L.M.)

27 — Provence (L.S. Xavier de France, comte de), d'apr..
Vanloo, gravé à l'imitation du pastel. Superbe épreuve
impr., en couleurs. Rare.

28 — *The Pleasures of Education*. Très belle épreuve
imp., en couleurs, avec cadre or.

29 — Vertumne et Pomone, d'après Le Moine. Superbe ép.
impr. en couleurs, avec cadre or.

30 — Vénus et Amour, d'après F. Boucher. Bélle épreuve
impr., en deux tons.

31 — Jeune Femme jouant de la guitare, d'apr. J.B. Le Prince
In-4. Très belles impr., en couleurs, petites marges.

32 — Joseph et Zaluca. Ovale in-4, anonyme. Superbe épr.
impr., en couleurs, grandes marges.

33 — Bazile et Laurette, d'après Aubry. Belle épr., impr..
en couleurs.

Boucher (d'après F.)

34 — Portrait et trente-trois figures pour les **ŒUVRES DE MOLIÈRE**
par L. Cars et Lépicié. Suite complète. Très belles épr.,
à toutes marges dans le cartonnage du temps (quelques
déchirures et taches dans plusieurs marges).

35 — La Baigneuse surprise, par J. Daullé. In-fol. Très belle
épreuve, marges.

36 — Le Déjeuné, par Lépecié. In-fol. Belle épreuve.

Buck (d'après Adam)

37 — *His Royal Highness the Prince of Wales*. par
Wright et Ziegler, 1799. In-fol. Très belle épreuve imp.
en couleurs et coloriée, grandes marges.

Bunbury (d'après H.)

38 — La Diseuse de bonne aventure, par P.W. Tomkins.
In-fol. Belle épreuve coloriée, montée sur chassis de toile

Bréa (de)

39 — Mlle Renault l'ainée, de la Comédie italienne, 1785. In-4. Belle épreuve impr.. en couleurs. Rare.

Carmontelle (L. Carogis de)

40 — Besenval (Bᵒⁿ de), en pied (P. de B.). Très belle épr., grandes marges.

Chardin (d'après J.B.S.)

41 — Le Bénédicité, par Lépicié (E.B.5). Bonne épreuve.

42 — La Blanchisseuse — La Fontaine (E.B. 6 et 21). Deux p. par C.N. Cochin fils faisant pendants. Belles épreuves.

43 — La Fontaine (E.B. 21). Bel'e épreuve avant l'adresse de Basan.

44 — Le Toton, par Lépicié (E.B. 50). Belle épreuve du 1ᵉʳ état, avec la date.

Cochin fils (d'après C. N.)

45 — Le Couteulx du Moley (Sophie) — Radix (Mᵐᵉ) — Radix (C. M.) — Radix (J. L.) — Chardin (J. B. S.) et son Epouse. Sept portraits par Aug. de St-Aubin, Demarteau et L. Cars. Belles épreuves, une avant toutes lettres.

Costumes

46 — **BONNART** (les) — Chartres (Mᵐᵉ la Dˢˢᵉ de) — Conty (Pˢˢᵉ de) — Maine (Dˢˢᵉ du) — Montbason (Pˢˢᵉ de) — Orléans (Dˢˢᵉ d') — Nourrices des ducs d'Anjou et de Bourgogne — Monsieur — Dauphin (Mᵍʳ le) — Berry et de Bourgogne (Ducs de) — Orléans (Duc d'), Régent — Toulouse (Cᵗᵉ de). Dix-huit p. Très belles épreuves.

47 — **ARNOULT-BEREY-MARIETTE**. Bavière (Victoire de) — Berry (Dˢˢᵉ de) — Bourgogne (Dˢˢᵉ de) — Chartres (Mˡˡᵉ de) — Espagne (M. et Gˡˡᵉ de Savoie, reine d') — Orléans (Dˢˢᵉˢ d') — Les Enfants de France — Anjou. Berri, Bourgogne et Bretagne (Duc d'). Dix-huit p. Très belles épreuves.

48 — **TROUVAIN** (Ant.) — Albret (D^sse d') — Bourbon (D^sse de) — Chartres (D^sse de) — Conty (P^sse de) — Maine (Duc et D^sse du) — Montespan (Mme de) — Madame — Mademoiselle — Philippe V — Le Dauphin — Anjou, Berry, Bourgogne (Ducs d') — Vendôme (Ph. de). Vingt p. Très belles épreuves.

49 — Les Bons Amis ou le Plaisir de la Danse — Dame en Caraco Galant... — La Marchande de Mode en Robe à la Polonaise — Mère de Famille avec ses Enfants en Robe Anglaise... — Petit Maître en Habit de Vermichel. Six pièces grand in-4 de la plus grande rareté. Belles épreuves, coloriées, remmargées.

Cosway (d'après Maria)

50 — Maria Cosway, par J. Condé. In-4. Belle épreuve impr., en couleurs, sans marges.

Cotes (d'après F.)

51 — Cunliffe (Miss), par J. Watson. In-fol. Belle épreuve.
52 — SKinner (Master), par J. Wilson, 1770. In-fol. Très belle épreuve. Rare.

Coutellier (F.)

53 — Mlle Colombe l'aînée. Epreuve ancienne, impr., en couleurs.

Crépy (à Paris chez)

54 — Portrait en pied de Marie-Antoinette. In-fol. Belle épreuve.

Crewe (d'après Emma)

55 — Estella, par C. White et Genisson. Deux p., in-4 ovales. Très belles épreuves imp., en couleurs, marges.

Debucourt (P. L.)

56 — Le Menuet de la Mariée (M. Fenaille 8). Superbe épreuve impr., en couleurs, avec marges.

57 — Elle est prise (M. F. 35). In-fol. Belle épreuve, coloriée.

58 — L'Oiseau privé — Pauvre Annette (M. Fenaille, 51 et 52. Deux p., in-fol., faisant pendants. Très belles épreuves du 3e état, avant que les mots : *Gravé au pinceau*, n'aient été effacés, une remmargée sur trois côtés.

59 — La Bénédiction paternelle ou le Départ de la Mariée (M. F. 50). Belle épreuve.

60 — Illumination de la Gde-Cascade de St-Cloud, 1er avril 1810 (M. F. 221). Bonne épreuve du 2e état, coloriée.

61 — Vent devant (M. F. 312). Très belle épreuve, marges.

62 — **MODES ET MANIÈRES DU JOUR A PARIS** : *C'est en vain* (no 5) — *N'allez pas vous perdre !* (no 15). Deux pièces. Belles épreuves, coloriées (M. F. 75 et 85).

63 — Le Billet doux, no 22. — Réponse au Billet, no 23 (M. F. 92 et 93). Deux pièces. Belles épreuves, coloriées.

64 — Prends vite, no 24 — Retour de Longchamp, no 25 (M. F. 94 et 65). Deux pièces. Belles épreuves coloriées.

65 — Le Lilas, no 26 (M. F. 96). Belle épreuve coloriée.

66 — Il va fleurir, no 27 — Elle est prête à cueillir. no 28 (M. F. 97-98). Deux pièces. Belles épreuves coloriées.

67 — Que lui conte-t-il?, no 29 — Ne laissai-je rien?, no 30 (M. F. 99-100). Deux pièces. Belles épreuves coloriées.

68 — Venez vous reposer, no 31 — La Lecture, no 32 (M.F. 101-102). Deux pièces. Belles épreuves, coloriées.

69 — Le Voilà, no 33 — Il a plu, no 34 (M. F. 103-104). Deux pièces. Belles épreuves coloriées.

70 — Il ne vient pas, no 35 — Ah qu'il fait saud !, no 36 (M. F. 105-106). Deux pièces. Belles épreuves coloriées.

71 — Les deux Amies, no 37 — Adieu ! no 38 (M. F. 107-108). Deux pièces. Belles épreuves coloriées.

72 — La Réflexion, no 39 — Tenez-vous droit, no 40 (M. F. 109-110). Deux pièces. Belles épreuves, coloriées.

73 — Elle y pense, no 41 — Elle le boude, no 42 (M. F. 111-112). Deux pièces. Belles épreuves coloriées.

74 — Retour des Champs, d'après C. Vernet (M. F. 408). Très belle épr., coloriée.

75 — Le Colin Maillard, d'après Wilkie (M. F. 523. Belle épreuve.

76 — Officiers Prussiens — Le Kalmuck — Officiers Anglais et Ecossais — Militaires Ecossais. Quatre pièces, d'après C. Vernet. Belles épreuves, coloriées.

77 — Jeune Femme assise au pied d'un arbre, semble réfléchir; au fond un homme se retourne pour la regarder ; au premier plan uné lettre et un médaillon ; cette petite pièce ne correspondant à aucune des œuvres décrites par M. Fenaille nous supposons qu'elle peut s'appliquer à celle qu'il indique sans l'avoir vue, sous le titre : *Lui répondrai-je?* (n° 70 du cat.). Belle épreuve coloriée. Très rare.

Demarteau (G.)

78 — La Danse allemande, d'après F. Boucher. In-fol. Très belle épreuve impr., en deux tons.

79 Satyres et Bacchantes, d'apr. Ph. Caresme. Belle épreuve impr., en deux tons.

80 — Le Messager d'Amour — Le Berger espiègle. Deux pièces d'après F. Boucher. Belles épreuves impr., en couleurs, sans marges.

81 — Le Chien savant — Le Mouton favori (n°ˢ 508-509). Deux p., in-4 impr., en deux tons. Belles épreuves, encadrées.

Desrais et Leclerc (d'après)

82 — Le Jeu de l'Escarpolette — Le Fossé du scrupule — La Chute favorable — Variétés amusantes ou la Courte paille. Quatre p., in-4 par Deny, formant suite. Belles épreuves.

83 — Planches de Coiffures. Quatre pièces.

Durmer (F. V.)

84 — Le Repos de Diane — Vénus et Adonis. Deux pièces in-fol., d'après A. Nahl et Balen, se faisant pendants. Superbes épreuves impr., en couleurs, marges.

Dutailly (d'après)

85 — Le Départ pour la Pêche. par Masquelier. Ovale in-8. Belle épreuve impr., en couleurs, marges.

Earlom (Richard)

86 — *Their most Sacred Majesties George the III^d and Queen Charlotte*, d'après J. Zoffany, 1770. In-fol. Très belle épreuve coloriée. Rare.

87 — *The Royal Academy of Arts, instituted by the King in the year 1768*, d'après J. Zoffany, 1773. Grand in-fol. Belle épreuve, encadrée, légères restaurations. On y a joint la pl. explicative. rare.

Eçole Anglaise

88 — *Peggy and Patie*, par Playter — *Olivia et Sophia with Fortuniteller* — Bustes de Jeunes Femmes. Quatre pièces in-8 de forme ovale. Belles épreuves impr., en couleurs, deux avant la lettre.

Ecole Française (XVIIIe siècle)

89 — Jeune Femme nue se mirant dans une glace que lui présentent deux amours. On lit au bas : *Avec son miroir..* Ovale in-4. Très belle épreuve impr., en couleurs.

90 — *S'il Cassait — Lindor et Zelia*. Deux petites pièces rondes faisant pendants. Belles épreuves impr., en couleurs. Très rares.

91 — L'Oiseau cheri — Le Lacet raçourci — Scène galante — L'Amour en Cage — Le Silence — La Coquette — Le Fiacre — L'Ecole de l'Amour — La Prudence. Neuf pièces d'après Cheveaux, Greuze, Nattier, Clermont, Raoux, par Pilon, Lépicié, Le Veau, Vidal, etc., deux impr., en couleurs.

Eisen (d'après Charles)

92 — Le Bouquet, par R. Gaillard. In-fol. Très belle épreuve, marges.

Eisen (d'après François)

93 — La Folie du Siècle — La jolie Charlatane. Deux p., in-fol., par Mme Dupuis et L. Halbou. Trés belles épr.

Fragonard (Honoré)

94 — Bacchanales. Trois pièces. Très belles épreuves du 1er état, avant les nos.

Fragonard (d'après Honoré)

95 — L'Heureuse Famille, par J. G. Huck. In-fol. Belle épreuve. Rare.

96 — L'Inspiration favorable, par L. M. Halbou. Belle épr.

97 — Le Muletier, pour les *Contes de La Fontaine*. Belle et très rare épreuve à l'état d'eau-forte pure, avant toutes lettres, marges.

Freudeberg (d'après S.)

98 — Le Petit Jour, par N. de Launay. Superbe épreuve avec une petite marge.

99 — Le Soldat en Semestre, par Ingouf. Deux belles épreuves, dont une avant la lettre, *non terminée*. Rare.

Gardner (d'après D.)

100 — Circé, jolie pièce par Thomas Watson, 1778. In-4. Superbe épreuve avant la lettre, marges.

Goya (F.)

101 — La Tauromachie, suite des 40 planches du tirage postérieur. Très belles épreuves à toutes marges en 1 vol., demi-rel.

Gresse (d'après I.)

102 — Angelica, par Mango, 1776. Ovale in-4. Très belle épr. impr. en sanguine, grandes marges.

Greuze (d'après J.B.)

103 — La Petite Fille au chien, par Ingouf. Très belle et rare épreuve avant toutes lettres, à toutes marges.

104 — La Marchande de Pommes cuites — La Marchande Marrons. Deux pièces in-fol. par Beauvarlet. Belles épr.

Harmar (T.)

105 — *From the Banquet*, 1783. Ovale in-4. Très belle épr. impr, en couleurs, marges.

Heillmann (d'après)

106 — Le Bon exemple — Mlle sa Sœur. Deux pièces par Chevillet, faisant pendants. Belles épreuves.

Hoare (d'après William)

107 — Richard Grenville Temple, par J. Watson. In-fol. Belle épreuve doublée.

Hoppner (d'après J.)

108 — *Sallad girl*, par W. Ward. Belle épr. sans marges.

Huet (d'après J. B.)

109 — L'Amour offrant des présents à Ariadne, par Bonnet. Belle épr. impr. en couleurs, grandes marges.

110 — La Conversation des Fermières, par Morel. In-fol. Belle épr. impr. en couleurs, marges.

111 — La Bastille détruite ou la petite Victoire, par Bonnet. Belle épreuve impr. en couleurs.

112 — Les Echasses, par Bonnet. In-4. Superbe épreuve impr. en couleurs, à toutes marges.

Janinet (J. F.)

113 — Nina (Mme Dugazon), d'après Hoin. Superbe épr. impr. en couleurs, marges.

114 — Mademoiselle du T··· (Duthé), d'après Lemoine, 1779
Belle épr. impr. en couleurs, les marges fatiguées.

115 — La Comparaison, d'après N. Lavreince (E. B.). Belle
épreuve impr. en couleurs, légères restaurations.

116 — L'Indiscrétion, d'après N. Lavreince (E. B. 30). Superbe épreuve impr. en couleurs, grandes marges.

117 — Vénus désarmant l'Amour, d'apr. Charlier. Belle
épr. impr. en couleurs.

118 — Le Sommeil de Vénus — Le Réveil de Vénus. Deux
petites pièces ovales, d'apr. Charlier. Belles épreuves
impr. en couleurs, sans marges.

119 — Villa Sachetti, d'après Hubert Robert. In-fol. Très
belle épreuve impr. en couleurs, marges.

120 — Le Repas des Moissonneurs — La Danse villageoise.
Deux p., d'après Wille fils, faisant pendants. Belles épr.
impr. en couleurs, sans marges, montées anciennement
en dessin.

121 — L'Amant pressant, d'après Huet. Très jolie réduction
du même sujet, gravé sous ce titre par Bonnet, avec
quelques différences, notamment au chapeau de la
femme. Très belle épreuve impr. en couleurs d'une
pièce de la plus grande rareté, dans le goût de Janinet.

Jazet (J.P.M.)

122 — Préparatifs d'une Course — Le Départ — La Course
Les Suites d'une Course — L'Entrée à l'Ecurie. Cinq
pièces in-fol., d'après C. Vernet. Belles épreuves coloriées
grandes marges.

Kauffmann (d'après Angelica)

123 — *Abelard et Eloïsa surpris'd by Fulburd* —
Alexandre cède sa maîtresse à Apelles — *O Venus
regina...* — *Abelard présente l'Hymen à Eloïse...*
Quatre p. rondes in-fol., par Scoromodoff, Boutelou,
etc., toutes marges, deux impr. en couleurs.

Lancret (d'après Nicolas)

124 — Les Amours du Bocage, par N. de Larmessin (E.B. 8)
Superbe épreuve, marges.

125 — *Dans cette aimable solitude...*, par C. N. Cochin fils (E. B. 24). Très belle épreuve d'un état *non décrit* le cuivre réduit dans le bas.

126 — Les Deux amis — Le Jeu de Cache-cache mitoulas (E.B. 25 et 41.) Deux p. par N. de Larmessin. Superbes épreuves du 1er état, petites marges.

127 — Les Quatre heures du jour, par N. de Larmessin (E. B. 10, 49, 50 et 74), Suite complète de quatre pièces. Très belles épreuves.

Lavreince (d'après N.)

128 — L'Heureux moment, par N. de Launay (E. B. 28). Superbe épr. avant la correction dans l'adresse, marges.

129 — La Soubrette confidente, par G. Vidal (E.B. 61). Très belle épreuve.

130 — La même pièce. Belle épreuve.

131 — *Ah ! quel doux Plaisir — Je touche au Bonheur* (E.B. 3 et 34). Deux petites pièces faisant pendants, par Copia. Belles épreuves impr. en couleurs. Fort rares.

132 — Le Billet doux, par N. de Launay (E.B. 10), Epreuve ancienne.

133 — Le Séducteur (E. Bapp. 7), In-fol. Très belle épr. à l'état d'eau-forte d'une pièce fort rare, qui n'a pas été terminée.

Leclerc (d'après)

134 — Jeune Femme en buste, les seins découverts, par Bonnet. Belle épreuve impr. en deux tons, marges.

Legrand (Ambroise)

135 — Le Désir, d'après Le Roy. In-4. Très belle épr. impr. en couleurs.

Legrand (P. F.)

136 — *The Security*, d'après Le Roy, 1787. Ovale in-8. Très belle épr. impr, en couleurs, grandes marges.

Le Peintre (d'après)

137 — La Cage symbolique, par Et. Fessard. In-fol. Très belle épreuve à grandes marges.

Le Prince (d'après J.B.)

138 — L'Amour du Travail, par Chevillet. In-fol. Très belle épreuve.

139 — Les Amusements de la Campagne, par Bonnet. In-fol. Très belle épr. impr. en sanguine.

140 — La Rose choisie — L'Epagneul favori. Deux p. in-4 par Liger, faisant pendants. Très belle épr. impr. en deux tons.

141 — Paysanne de Moravie — Femme de chambre Russe — Dame Russe. Trois pièces par Bonnet. Très belles épreuves, impr. en deux tons.

142 — Joueuse de Guitare — Jeune Femme au masque — Jeune Femme cueillant des fleurs. etc. Six pièces par Demarteau (n° 536 2 541). Très belles épreuves impr. en sanguine.

Levachez

143 — Angoulême (Mme la D^{se} d'). Ovale in-4. Très belle épreuve impr. en couleurs.

Marchi (G.)

144 — La Princesse Czartoryska, 1777. In-fol. Très belle épreuve (une déchirure à droite).

Mercier (d'après Ph.)

145 — Jeune garçon tenant une toupie, par J. Mac Ardell, 1756. In-fol. Superbe épreuve, marges.

146 — *Domestick Employment — Earth.* Quatre p., p., in-fol. par R. Houston formant pendants. Superbes épreuves, marges.

Minasi et Stadler

147 — *The Marquis of Wellington*, d'après A. Aglio. In-fol. Très belle épreuve coloriée, grandes marges.

Moreau le jeune (J.M.)

148 — La Place Louis XV. Belle épreuve avant le nom de Tilliard.

Moreau le jeune (d'après J. M.)

149 — La Partie de Wist, par Dambrum. Très belle épreuve avec les lettres A. P. D. R.

150 — J'en Accepte l'heureux Présage, par Trière. Très belle épr., avec les lettres A. P. D. R.

151 — Les Précautions, par Martini. Très belle épr., avec les lettres A. P. D. R.

152 — Déclaration de la Grossesse, par Martini. Belle épr.

153 — Le Pari gagné, par Camligue. Très belle épr., avec les lettres A. P. D. R.

154 — La Sortie de l'Opéra, par Malbeste. Belle épreuve.

155 — Le Seigneur chez son Fermier, par Delignon. Belle épreuve.

156 — *Les Vœux accomplis* (avec le buste de la Csse d'Artois), par J. B. Simonet 1783. In-fol. Très belle épreuve.

157 — Le Monument du Costume, pl., 13 à 29 et 21, 23 et 24 des réductions. Dix pièces. Belles épreuves.

Morland (d'après G.)

158 — *Delicate embarrassnent, or the Rival Friends*, par Edw. Bell. In-fol. Très belle épreuve.

Morland et Singleton (d'après)

159 — *Industry and Œconomy — Extravagance and Dissipation — The Fruits of early Industry et Œconomy — The Effects of Extravagance et Idleness.* Suite complète des quatre pièces par W. Ward, 1794. Superbes épreuves avec marges. Rares dans cette condition.

Mouchet (d'après L.)

160 — La Méprise, par Macret et Anselin. In-fol. Belle épreuve avec la 1ʳᵉ adresse, grandes marges.

Muller (J. G.)

161 — Mᵐᵉ Vigée-Le Brun, d'après elle-même. In-fol. Belle épreuve, marges.

Nattier (d'après J. M.)

162 — Chateauroux (Mᵐᵉ de), sous la figure de *La Force*, par Baléchou. Belle épreuve.

Northcote (d'après James)

163 — Petite Fruitière anglaise, par James Bonnefoy. 1787. Ovale. Très belle épreuve impr., en couleurs, petites marges.

164 — Charlotte et Werther, par C. Knight. Pièce in-fol. de forme ronde. Belle épreuve impr., en couleurs.

Ozanne (d'après N.)

165 — Les Ports de France, par Y. Le Gouaz. Vingt-cinq p. Belles épreuves, six avant la lettre.

Pether (William)

166 — Monsieur (Louis XVIII) — Madame (Cˢˢᵉ de Provence). Deux p., in-fol., d'après Mᵐᵉ Vigée-Le Brun, 1778. Très belles épreuves.

Pollard (à Londres chez R.)

167 — *Euphrosyne — Aglaïa*, 1787. Deux Jeunes Femmes à mi-corps, coiffées de grands chapeaux. Deux pièces in-4 faisant pendant, d'après J. R. Smith? Belles épreuves impr., en couleurs, petites marges. Rares.

Ponce (Nicolas) et Godefroy

168 — *Recueil d'estampes représentant les différents événements de la Guerre qui a procuré l'Indépendance aux Etats-Unis de l'Amérique.* Suite complète de seize pl., in-4. Très belles épreuves à grandes marges en 1 album cart.

Regnault (N. F.)

169 — Le Lever — Le Bain, d'après P. A. Baudouin (E. B. 10). Deux petites pièces faisant pendants. Belles épreuves impr., en couleurs, remmargées.

170 — Le Matin — Le Soir. Deux p., in-fol., faisant pendants. Très belles épreuves avant la lettre, le nom de l'artiste tracé à la pointe, petites marges. Rares.

Reynolds (d'après sir Joshua)

171 — Parker (The Honble M^rs), en pied, par Th. Watson, 1772. In-fol. Très belle épreuve, marges.

172 — Revd Richd Robinson, par J. R. Smith, 1775. In-fol. Belle épreuve.

Ryder (Thomas)

173 — *The last interview... Charlotte and Werter*, d'apr. Ryley, 1786. Ovale in-4. Belle épreuve impr. en bistre, marges.

Saunders (J.)

174 — Galles (Georges-Auguste-Frédéric, P^ce de) — Frédéric, évêque d'Osnabruck. Deux p., in-fol., d'après Brompton. Epreuves doublées, sans marges.

Scheneau (d'après J. E.)

175 — Les Enfants Jardiniers — L'Espérance au Hasard. Deux pièces faisant pendants, par B. L. Henriquez et N. Dupuis. Très belles épreuves.

Sicardi (d'après)

176 — Oh, che Fortuna! — Come la trovate? — Le Nid — La Croute au Pot. Cinq p., par Mecou, Copia, Bouquet Thouvenin. Belles épreuves, deux avant la lettre.

Simonau (d'après)

177 — *Il n'est plus temps,* par Benossi. In-8. Belle épreuve impr., en couleurs. Très rare.

Singleton (d'après H.)

178 — *The Market Girl — The Wandering Sailor.* Deux p., in-fol., faisant pendants, par G. C. Street. Très belles épreuves, marges.

Smith (John)

179 — Voss (M^{rs}) en Ste-Agnès — Lord Buckhurst et sa Sœur. D. p., d'apr. G. Kneller, 1716. Belles épreuves.

Smith (J. R.)

180 — Les Deux Ami (sic), 1778. In-4. Très belle épreuve, petites marges.

181 — *Innocence and the Old-Beau,* 1790. Ovale in-fol. Très belle épreuve impr., en bistre, marges.

182 — *Expectation,* d'après H. W. Bunbury. Belle épreuve coloriée.

Smith (d'après J. R.)

183 — *Credulous Lady and Astrologer,* par P. Simon. Ovale in-fol. Très belle épreuve.

184 — Le même sujet, par Mauclerc. Superbe épreuve à toutes marges.

185 — Lubin — Rosalie. Deux p., in-4, par Emma Smith, faisant pendants. Belles épreuves, marges.

Taunay (d'après)

186 — La Rixe, par Descourtis. Belle épreuve impr., en couleurs, marges. (Les marges ont été pliées).

Touzé (d'après)

187 — Les Amusements dangereux, par Voyez le Jeune. Superbe épreuve avant la lettre, à toutes marges. Rare.

Vangorp (d'après)

188 — Les Soins maternels — La Lecture interrompue. Deux petites p., rondes. par L. Guyot, faisant pendants. Belles épreuves impr., en couleurs.

Vernet (Carle)

189 — Les Cris de Paris, p'anches 1 à 76 inclus, en 1 vol., cartonnage de l'époque. Très belles épreuves coloriées.

Ward (William)

190 — *The Gleaners returned* (Les Glaneurs revenus. Infol. Belle épreuve impr., en couleurs (quelques déchirures et taches).

Watteau (d'après Ant.)

191 — Fêtes au dieu Pan, par Mich. Aubert (E. de G. 40). Superbe épreuve avec marges.

192 — Comédiens Français, par J. M. Liotard (E. de G. 65). Superbe épreuve, marges.

Wille fils (d'après P. A.)

193 — Les deux Boutons — Le Miroir consulté. Deux p., par Vidal, faisant pendants. Superbes épr. impr. en couleurs, marges.

194 — Le Miroir consulté, par Vidal. Belle épreuve impr. impr. en couleurs.

195 — Le Petit marchand d'Oranges — L'Heureux vieillard. Deux p. In-fol. par Chevillet et J. Aveline. Très belles épreuves.

196 — Les Délices maternelles — Bonne Femme de Normandie — Sœur de la Bonne Femme de Normandie. Trois pièces par J. G. Wille. Très belles épreuves.

197 — Le Baiser Innocent — La Galante à Désirs — L'Attente — La Soucieuse. Quatre p. in-4 par Le Grand et P. L. (Laurent)? Très belles épreuves.

198 — Sous ce n° il sera vendu plusieurs estampes non cataloguées.

Imp. A. Charles, 26, Rue Rambuteau, Paris